Le grain de sable

de Lili Chartrand • illustré par Marion Arbona

Tout parle dans l'univers :
il n'est rien qui n'ait son langage.

Jean de La Fontaine

À toutes les perles
qui s'ignorent

L. C.

Tourne-pierre

Comme je me sens seul !
Pourtant, des millions de grains de sable m'entourent.
Je suis petit, mais si plein de vie ! Moi qui rêve d'aventures,
je meurs d'ennui au fond d'une mer obscure…

Enfin, une tempête fait rage ! Je tourbillonne,

Une lame de fond me soulève si haut que j'aperçois le rivage.
Jamais je ne me suis rendu si près d'une plage !

emporté par de fortes vagues.

Je suis réveillé par un rayon de soleil qui perce les flots.

Tout à coup, une tornade blanche m'emporte sur son passage.

Oh ! Je sors de l'eau ! La forêt de poils où je suis perché trotte

vers une fillette. À l'aide d'un petit couteau, elle ouvre des huîtres.

— Pas de perle ! s'exclame-t-elle, l'air dépité.

Aussitôt, le gros chien lui lèche le visage.

La petite fille éclate d'un rire joyeux.

Jamais je n'ai entendu plus jolie musique.

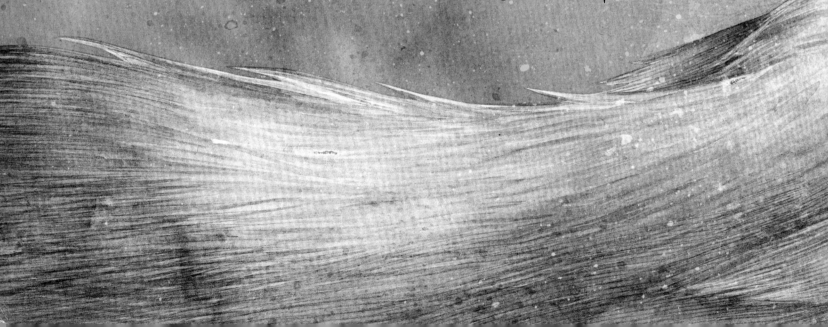

Soudain, le gros chien se secoue.

J'exécute un triple saut périlleux.

J'atterris dans la chevelure d'or brûlé de la fillette.
C'est tout chaud, tout doux, comme la caresse du soleil.

Tandis que la petite fille explore les rochers pour trouver d'autres huîtres,
j'admire le paysage.

Tout à coup, un vieil homme s'approche de la fillette.

— Bonjour, Mina ! dit-il. Tu chasses les perles ?

— Oui, monsieur Rufus. Depuis la mort de mon papa,
je veux réaliser son rêve. Il tenait tellement à me trouver une perle...

— S'il y avait la moindre perle dans le coin, je le saurais,
foi de vieux loup de mer, ricane-t-il. Autant chercher
une aiguille dans une botte de foin !

— Et moi je vous dis qu'un jour,
j'en trouverai une, foi de Mina !

Monsieur Rufus se penche alors pour ramasser un éclat de miroir.

— Les gens n'ont aucun respect pour la nature, je vous jure! grogne-t-il dans sa barbe. Tiens, prends ça, à défaut d'une perle, ajoute le loup de mer avant de s'éloigner.

Mina approche l'éclat de miroir de son visage.
Comme elle est jolie, avec ses yeux couleur de mer et son délicieux sourire!

J'aime imaginer qu'il m'est adressé.

D'un coup, Mina cesse de se contempler pour zigzaguer entre les rochers.

— Oscar, le dernier arrivé sur la plage est une méduse !

— Ouah ! jappe le gros chien en galopant à ses côtés.

Sur la plage dorée, Mina se roule dans le sable avec Oscar. Des centaines de grains virevoltent dans l'air salin. Je me cramponne aux cheveux de Mina qui rit aux éclats. Oscar jappe de plaisir. Moi, je frissonne de joie !

Soudain, une voix retentit:

— Mina, c'est l'heure de manger! Tu es couverte
de sable, file te rincer!

— Oui, maman! répond Mina en courant aussitôt vers la mer.

Puis elle plonge.

Sous le choc, je me détache d'elle. Non! J'ai beau tenter
de la rejoindre, les vagues m'emportent. Loin. Si loin
de Mina... Jusqu'à ce que je tombe, lentement,
au fond de l'océan.

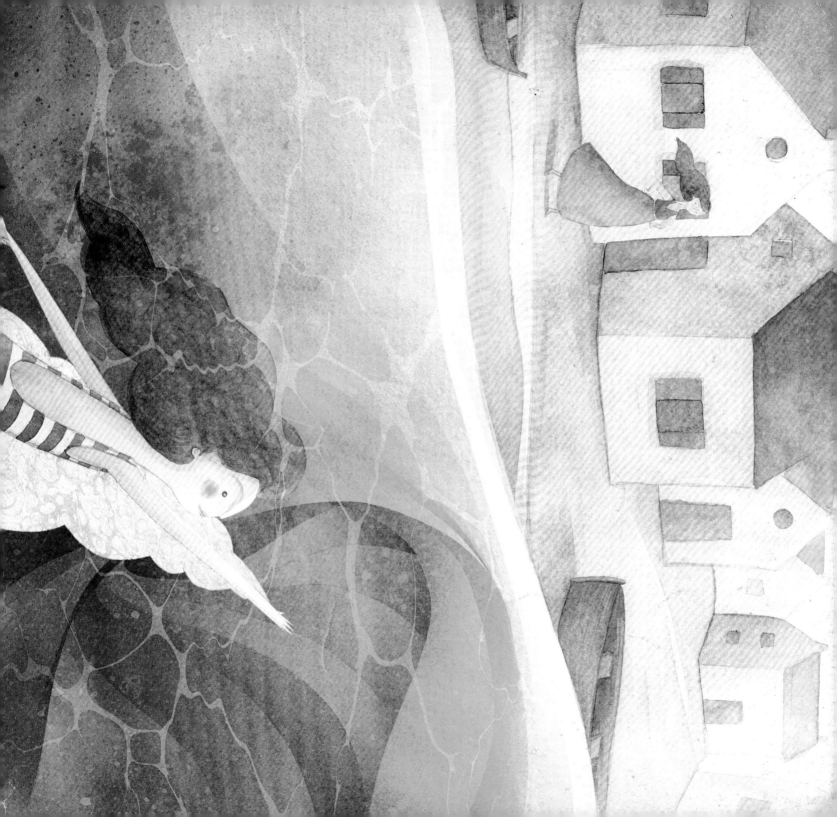

Où suis-je ? On dirait une petite maison.
Au fil des jours, j'apprivoise cet abri de plus
en plus confortable. De temps en temps,
j'aperçois une lumière glauque qui m'empêche
d'être dans le noir complet.

Le plus souvent, je sommeille dans mon nid
isolé du monde. Je ne compte plus les jours.
Il me semble que des années ont passé.
Comme je m'ennuie de Mina ! Jamais je n'oublierai
sa frimousse et ses yeux couleur de mer.

Alors que je somnole, je suis tout à coup bousculé.
La lumière du jour filtre au travers de ma petite maison.
Soudain, crac ! mon toit s'ouvre.

Une lumière vive m'aveugle. J'entrevois une silhouette.
Des doigts fins me soulèvent avec une telle délicatesse
que, pour la première fois de ma vie, je me sens précieux.

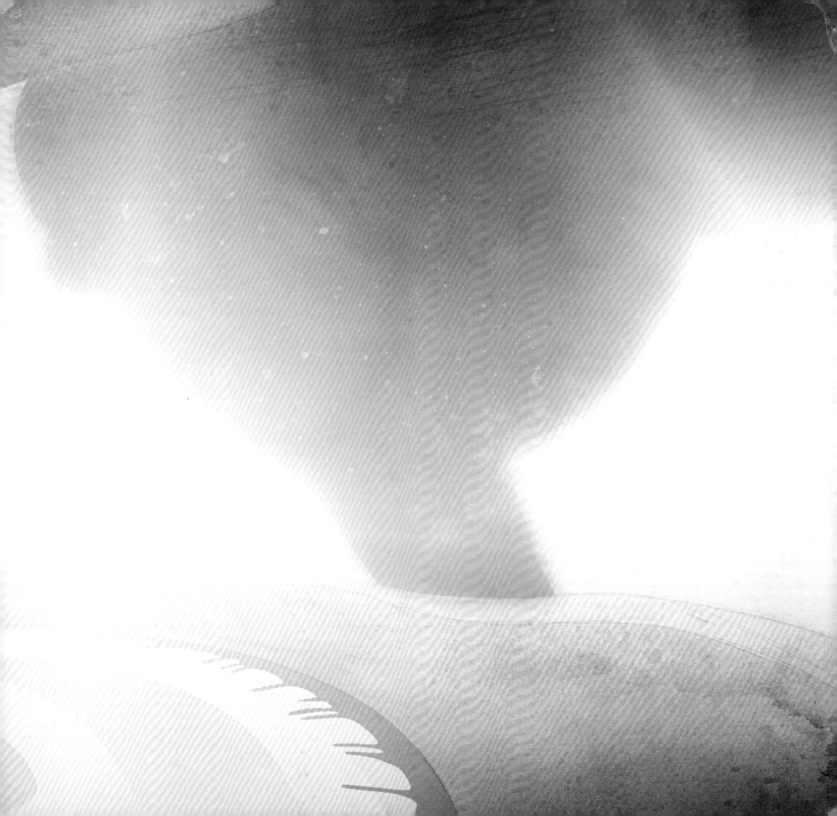

J'aperçois alors le visage d'une adolescente dont les yeux sont couleur de mer.
Non, ce n'est pas possible ! Et pourtant, oui, c'est Mina !

Quant à cette tonne de poils qui gambade, c'est Oscar !

— J'ai enfin réalisé mon rêve ! s'exclame Mina avec un grand sourire.
Regarde, Oscar, elle est couleur de mer, comme mes yeux !

— Ouah ! Ouah ! approuve le gros chien
en battant de la queue.

Je reste bouche bée.
Moi, le banal grain de sable,
je me suis transformé en perle ?

Mina me serre doucement dans sa main. Elle murmure :

— Je te garderai toujours auprès de moi.
Tu seras mon porte-bonheur.

Moi aussi, je réalise un rêve.

Une nouvelle vie commence, remplie d'aventures !

Le grain de sable

de Lili Chartrand • illustré par Marion Arbona

Direction éditoriale : Angèle Delaunois
Direction artistique : Pierre Houde
Édition électronique : Hélène Meunier
Révision linguistique : Jocelyne Vézina
Production : Rhéa Dufresne

© 2011 : Lili Chartrand, Marion Arbona et les Éditions de l'Isatis

Dépôt légal : 1er trimestre 2011

Édition imprimée : ISBN : 978-2-923234-69-4
Édition numérique : ISBN : 978-2-923818-26-9 (PDF)

Bibliothèque nationale du Québec
Bibliothèque nationale du Canada

Catalogage avant publication de Bibliothèque et Archives nationales du Québec
et Bibliothèque et Archives Canada

Chartrand, Lili

Le grain de sable
(Tourne-pierre ; 26)
Pour les enfants de 4 ans et plus.

I. Arbona, Marion, 1982-   . II. Titre. III. Collection: Tourne-pierre ; 26.
PS8555.H4305G7 2011   jC843'.6   C2011-940354-4
PS9555.H4305G7 2011

Fiche d'activités pédagogiques téléchargeable gratuitement
depuis le site www.editionsdelisatis.com

SoDEC
Québec ::

Nous remercions le Gouvernement du Québec –
Programme de crédit d'impôt
pour l'édition de livres – Gestion SODEC

Le Conseil des Arts
DU CANADA
DEPUIS 1917

The Canada Council
FOR THE ARTS
SINCE 1917

Nous remercions le Conseil des Arts du Canada de l'aide accordée
à notre programme de publication.

ÉDITIONS DE L'ISATIS
4829, avenue Victoria – Montréal – QC — H3W 2M9
www.editionsdelisatis.com
Imprimé au Canada
Distributeur au Canada : Diffusion du Livre Mirabel

ASSOCIATION NATIONALE DES ÉDITEURS DE LIVRES

FSC
www.fsc.org
MIXTE
Papier issu de
sources responsables
FSC® C102564

ENCRES SANS
C.O.V.